augusto meneghin

poeta e artista visual, nasceu em 1987.

O MAR SEM NÓS

augusto meneghin

editora Urutau
segunda edição
2019

O —

editora Urutau

avenida peirao besada, 6 - 2d
36163 - poio (pontevedra)

rua adolpho arruda, 41
jardim das laranjeiras 12910 455
bragança paulista-sp
brasil

[+34] 644 951 354 [galiza]
[+55] 11 948 592 426 [brasil]

www.editoraurutau.com.br
contato@editoraurutau.com.br

[EDITORES]
tiago fabris rendelli & wladimir vaz
[REVISIÃO]
ana penteado
[IMPRESSÃO]
masquelibros
[CAPA]
wladimir vaz
[ISBN]
978-85-69433-05-7

sumário

[prefácio]

o mar sem nós

Personificamos tantas vezes essa terra escura, essa terra seca e quieta, estendida num tempo que nunca há de caber em relógios ou calendários. Somos tantas vezes esse território onde está o tudo que só o nada pode conter. Que podem os olhos saber duma paisagem assim? Que podem fazer o sangue e a pele, que podem as vozes construir para despertar um mundo assim, para o revelar, para o trazer ao *mundo?* Que ossos é preciso cuidar de ter para suportar um peso assim, um equilíbrio assim, uma perfeição assim do tamanho duma borboleta, ou do sopro certeiro dum vento? É hercúleo o trabalho do poeta: ligar o visível ao invisível, redesenhar o bem e o mal, escolher as linhas e os traços, meticulosamente, até tudo se tornar vida, esta vida, uma vida. E ler tudo isso, fluentemente, como se fosse água, a água que tudo ocupa, que toma os mais ínfimos espaços e que corre, que corre até à sede de alguma coisa ou de alguém.

Que beleza ir buscar aos séculos (todos os séculos são remotos, como a verdade) a explicação *deste* momento, *deste* segundo, que a tropeçar no coração ou no olhar, cai sempre num gesto que se revela ou se esconde, num papel, numa tela, num muro, numa confissão que é preciso fazer aos outros, que é preciso trazer para o lado em que nós próprios existimos como outros, porque «tudo o que temos são trapos fervidos» e é com eles que «desafogamos o mercúrio» da nossa mortalidade.

Às vezes uma palavra é um mapa. É o itinerário dum corpo, «uma bússola desesperada» que nos aspira centripetamente para a retorta do amor, transformando a terra escura, seca e quieta num frenesim de fendas e de rasgões por onde toda a loucura das sementes pode enfim extravasar. Como este livro. Um poeta nunca dá um nó que não possa desatar.

Gil T. Sousa

O MAR SEM NÓS

aurora consurgens

veja bem   como poderemos
desafogar o mercúrio   Antonio
se tudo o que temos
são apenas trapos fervidos?
e este vinho
fermentado em plena sexta-feira
poderá por acaso
extrair de nossa loucura
uma lucidez estóica?
os ciganos se vão   Antonio
    as caravanas
o amargo da nectarina velha
até mesmo aquele velho romance
que relemos tantas vezes
por não termos mais que um livro
e um vidro de azeitonas

o calendário na porta
uma mandrágora seca
para espantar os espíritos
e impedir que as crianças
morram todas

de uma disenteria industrial
    aqui neva
mas nunca tivemos gelo
ou sequer um recinto
com os mantimentos que duram
        você fuma demais
e bebe exageradamente
:
deve ser por isso que neva
mas nunca tivemos gelo

foi algum conquistador
que esqueceu seu canhão
no deserto em que moramos
e agora as crianças brincam
enfurecendo o espírito ruivo
de um bucaneiro qualquer
    veja como pulam sobre a boca
e testam o eco
sem medo de serem mutiladas
        quando eu crescer serei como elas
só que mais velha
e sem canhão
serei mais negra também
guardando em cada bolso
uma esperança e uma estrela
(não importa a ordem)

parece um sonho   Antonio
este lugar que moramos
e você fazendo amor
:
o vento que abre
tanto as pernas
quanto os demônios que você me ensinou
    agora tenho mais demônios
do que quando casamos
    naquela época eu apenas sabia
que a primeira vez iria doer
o resto aprendi tudo sozinha
por isso neva
e nunca tivemos gelo
apenas o barulho das crianças
e o canhão enferrujado

veja lá
se encontram um tabuleiro de xadrez
    meu bisavô dizia
que o jogo de xadrez
explicaria a vida
se ele soubesse jogar
por isso o enterrou bem longe
na esperança que seu segredo
não fosse achado por ninguém
    morreu sabendo apenas
que o peão andava para frente

e era peça
pouco importante

o sol é longe   Antonio?
pensam que somos pobres
porque somos ignorantes
  eles não sabem
que você é alquimista
e que faremos ouro
com o parafuso da fábrica

já está noite
não quero fazer amor

floresta de bocas costuradas

o tempo em que nós dois
éramos suaves
bem poderia ser
um ramalhete de papel
uma narrativa escrita em leite
na cidade repleta de gatos

abajur quebrado
que você segura
na esperança ingênua
de restabelecer
a luz
   crescem
         no aposento apodrecido
  todas as plantas negras
da multidão dos grimórios
dos extensos laboratórios de alquimia
adormecidos na floresta emudecida.

vasos pisoteados
por ervas verdes e estúpidas
cafés frios

pela discussão inútil
e o assoprar vazio

uma paisagem de semolina
borbulha em seus olhos
e uma lágrima escorre
para nunca retornar

poema do vidro

contém água

quando o mar
verter sua memória
nos vidros da estante
meu mundo
estará mais completo
:
abrirei a porta
por onde saem os monstros
e investigarei
os fragmentos de meu corpo

direi
:
sou ainda
um vidro translúcido
por onde escapam
os tigres
e chagas velhas
meu aposento está inerte
não conheço amores

o mapa dos antigos povos
seguia unicamente
as estrelas e seus desenhos
mas em meu único céu
só encontro enigmas
e estilhaços traçados

na mesma noite
o vinho repousará
em seu vidro verde
    na ceia em que nos conheceremos
será uma noite calma
(talvez o natal)
reencontraremos a beleza
nas costas de um anjo
:
sua porcelana delicada
será grave como um muro

restará o suave beijo
através do caleidoscópio

*

há uma série de manhãs
na música de Bach
e nas cordas de sua voz
:
transamos sob estrelas
em pó púrpura
e no vácuo da linguagem
repousamos a cabeça de violino

os homens dizem
sobre aspectos formais
das pérolas e cores
como se nomeassem a vida
pelas partes avessas

o fundo avesso da memória
é unicamente esta mão
o fundo do negro
repousa em solitude
:
sua base escura
permite que venham aos olhos

certos pontos cintilantes
brasas e constelações

um gemido da folha
a nervura quente das peles
e o trigo cinza
que se oculta no entardecer
incineram um galpão abandonado

colocaremos no chá
este pó férreo
alguns cacos de vidro
e pedregulhos
que tocam os joelhos

nossa posição preferida
é o suor e o silêncio

a chuva é um mar granulado

uma bússola desesperada

ao final de uma trajetória
o homem não sabe bem onde sentar
:
procura tirar cuidadosamente o pó de uma cadeira qualquer
no entanto   naquele instante preciso
nenhuma cadeira é qualquer
e o estofado o expulsa para seu próprio limite
:
o homem é obrigado a estar em si mesmo

busca o abraço de um velho amigo
ou a canção onde relembra seu primeiro beijo
   tudo é em vão
:
ele já não suporta as próprias estratégias
precisa continuar segurando o velho estandarte
dividindo seu tempo entre a máscara que fez para si
e a complacência com seus semelhantes

o passado   ele o define
:

um quadro de fotografias 10x15
em que a infância ocupa papel central

após um tempo parado olhando este mural
só lhe resta concluir que o que procura não está ali
    como o que procura poderia estar ali?
suas botas descansam embaixo do armário do banheiro
ele as retira e torna a colocá-las embaixo do armário
:
suas botas não dizem absolutamente nada
sobre onde ele esteve ou onde deveria estar
        para que servem estas botas   afinal?

olha para o céu   olha para uma cicatriz na terra
:
este homem está repleto de dois pontos
        qual explicação lhe serviria   afinal?
parecem meses dentro de um museu portátil
onde o homem contempla sua face apavorada
        junto a esquilos   esqueletos   e pedras lascadas
seu lugar na eternidade
não passa de embalsamamento

suas cartas e mensagens foram destiladas
    é preciso reforçar
:
este homem está no fim de uma trajetória

o oceano é imenso e azul
há barcos navegando e outros apodrecidos em uma praia
[da Normandia
criaturas mudas   abajures   o retrato de um santo
[envelhecido

este homem sou eu

em algum instante
tudo voou pela janela aberta
:
era o mês do maior vento
e ninguém se interessava por aquele corpo

após deixar forçadamente sua infância
restou-lhe o confinamento da memória
ou o esboço
da trajetória de um pássaro

não pôde sucumbir às lágrimas fáceis
ao gosto de sal desidratado
aos livros de filosofia
à esperança das amantes
:
teve de se precaver da corrosão inevitável
de tudo o que ama

há muito tempo traçou a cronologia
do processo de decomposição da maresia

:

olhou as grades de casas em ruínas
os trincos de todas as janelas
as fechaduras   alguns pregos solitários

atrás de uma antiga porta
prostrada sem paredes como um monge vestido de preto
havia um calendário cujas datas se apagaram
            naquele dia   quando o sol estava acima da cabeça
e todos almoçavam sem o sagrado
decidiu pelo próprio desaparecimento
:
acenou um adeus
em busca do miraculoso
como fez exatamente
Bas Jan Ader

inscrição na parede de teu tronco

você tem
as linhas rupestres
mais bonitas
posso pintar com
carvão ou
sanguínea
óleo
ou
sêmen

posso
parar todas as montanhas
que a manhã renegou
e vestir
todas as crenças
que a primavera
tornou enigma
ao abrigar-
se
nos girassóis

você ainda assim
dor-

miria
e sequer
teria em
mente
que eu estaria
amando
sua caverna
com
res -
pira
ções
graves
e costelas
expostas
nuas

a janela aberta
a cortina fechada
os fan-
tasmas que
se desenham
através de
suaves panos
e absintos
sobre
o criado
mudo

*

um labirinto me tece
e não tenho um licor
no mês de fevereiro

navegamos com o bote de nozes
até encontrar o oceano
mas partimos antes do alto-mar

ainda me lembro como a cor negra não era um mistério
e éramos capazes de olhar du-
rante horas para o relevo das cascavéis
fomos um deserto
que encontrou sua linguagem
estamos sendo ainda as pedras
a oscilação dos rumos
e o sino esverdeado que desperta os sonolentos.

somos este poema sem medo
o labirinto
as maçãs   o corpo nu

o barco se aproxima de um rochedo maior que a visão
as andorinhas morrem por um processo de calefação

devemos abrir as janelas
e inventar um novo século

o discurso de Godofredo é encontrado em garrafas boiando
:
mesmo com partes inacabadas pode-se ver
que Cristo justifica a construção de uma cidade
sobre ossos devoções ou uma infância azulada

não podemos partir da areia
:
as madeiras bóiam
em ciclos próprios de abandono
e devemos aceitar
a morte e o desaparecimento

atrás do atrás

pode levar muito tempo
até que o escondido de suas pálpebras
deixe de ser gelo para habitar uma nova casa
atrás do atrás estão os verdadeiros motivos
que fizeram você se despir
e aceitar meu convite para tomarmos um banho
atrás de nós apenas o tempo passa
as floriculturas inclusive fecham as suas portas
porque não recebem clientes após as 22 horas
a moça diz *sinto muito estamos fechados*
o que não importa
porque não queremos nos presentear com flores

ontem quando voltei uma neblina espessa
cobria o mundo e o vidro do meu carro
podia jurar que o lugar que passo todos os dias
não era o mesmo lugar
pois havia uma nuvem branca
como o gelo que se esconde em nossas pálpebras

ninguém inventou um instrumento
para medir as expectativas do vento (ou as nossas)

nós e o vento somos os mesmos
:
vivemos e gememos sobre um nicho de porta
translúcida   opaca   ou de chumbo
nada importa
:
o que está escondido está atrás do atrás
e vindo para a frente
como uma centena de centopéias
atrás de uma folha de açúcar
e a vida humana
atrás do atrás   sempre atrasada
esperando um trem ou coisa parecida
para levar seus cadáveres para a bolsa de valores
haverá chuva?
alguém incomodará nosso sexo durante a tarde?
atrás do lençol deixaremos um suor petrificado
guardado como um precioso caco de vidro
que entretanto não cortará nossa pele

gosto de inventar matérias novas
para esconder as matérias velhas
de sufocar o conhecido
andar de teleférico
e fazer têmpera com areia

atrás de mim está você
e eu atrás de você
sem que ninguém saiba

quem chegou primeiro
ou quem sairá depois
quando o que estiver escondido
se revelar para sempre
como o mais visível
e sempre presente
etc.

ninguém nas manhãs
irá contra
o serviço postal
do sol

considerações atuais sobre mim mesmo

estou cru como quem se descobriu no inverno

estou seco como castanhas ao pé do esquecimento

meu olho aprende lentamente sobre a luz

quando sorrio pareço mais verdadeiro
(mas poucos sabem que há verdades obscuras)

visto-me com elegância às vezes
(noutras vezes apenas me visto para caminhar na rua)

o céu se desdobra e eu o sinto vagarosamente

envelheci apenas depois de ficar cinco dias sem olhar o espelho
(cinco dias impressionam os olhos que fixaram-se há cinco dias)

aprendi a história contando sementes

acreditei nela através da miséria

às vezes me pego fechando a janela do edifício quando troco
[de roupa

tenho medo de que meu coração endureça de maneira
[subliminar

não encontrei ainda um epitáfio que me agrade

coleciono pedras como uma criança

conchas me remetem ao mar da maneira mais usual
(vejo ondas aproximo meu ouvido para ouvir o Oceano)

desejo realmente uma transformação guiada pela liberdade

tenho o vício de declarar-me solteiro

tenho o anseio de amar sob chuvas de transparência

tenho a criação como forma de enigma

tenho o mistério como sombra e amante

não posso acreditar que a palavra foi esvaziada

não posso acreditar no fim da história ou da pintura

ainda choro com tintas a óleo

resgato lembranças de um simples ressoar

nada há de mais agradável que a descoberta de um perfume

devo partir ou amar os girassóis?

a queda

como parte de mim
restou essa queda

meu pássaro preso
minhas asas lúcidas de infância
precipitaram-se
na morte da mitologia

ignoto do quarto escuro
balizado unicamente pelo pavor do vento
caminhei por um jardim de girassóis apagados

não soube escolher
entre a amputação
de minha mão direita ou esquerda

usei de todos os corpos
quando fizeram-me um sinal de atração

temi   assim como tu
a violação de meu universo

partido como todo os homens
tornei-me furioso pela beleza

mas não era beleza

antes fúria   o grito de perda
o abandono da agricultura

mas não era beleza

talvez um anjo que   extasiado
descesse entre o pilar de nossa casa
e ali dançasse sem medo

mas o anjo demora
perdeu-se nos restos da primavera

talvez um oleiro   absorto
que continuasse a canção do barro

mas o barro lentamente se dissipa
entre o vale de água
e o deserto do sol

prostrado   enquanto a luz se reduz
desisto das imagens   do alfabeto
aniquilo o sabor humano
de arriscar-se no indizível

você   minha amada
é uma queda para cima
o lugar que visitamos
são dois olhos em crise
:
um para a anunciação
outro para o sacrifício

nenhum de nós sabe
o que isto significa
há tantos caminhos
tanto leite que algumas flores dão
e nenhum meio para extraí-los

estamos abandonados
interditados por esta condição
em que os oceanos estão ausentes

viajamos   seguimos até Ítaca ou Atenas
recebo o andrógino esculpido da Polinésia
        em seu centro   um peixe
:
isto significa que nos amamos?

confissão 19 de junho

queria meus pássaros
menos adoecidos
que a garganta roesse
um sibilar de conchas
mas tudo que sobrou
foi um estandarte violado
e uma menina
que nunca olhará em meus olhos

foi-se para onde
aquele que sempre vai
que grita e desmanda
abre as portas
chuta
abre-te sésamo?
é tudo peculiar e monstruoso
:
já se decide a história
em tempo real
e sequer o pão
esfriou no papel pardo

serás burguês   cartomante
ventríloquo nas horas vagas
e condutor de massas

para que mesmo estávamos aqui?
seria Schubert ou Schumann?
brigadeiro ou quindim?
uma pedra ou uma flor?

abre-te coração
para o próprio monstro
admite
:
gostas de vingança
de ver um criminoso
ser espancado por um crime
e choras de traição   ciúme
perda de entes queridos
choras quando és injustiçado
mas não tomas pela mão
uma criança e sua tulipa

imagina que amanhã
os cartuchos serão flores
e que poderás dizer
a qualquer um que lhe cruzar a frente
uma palavra de poesia
que haverá cavalos no lugar de carros
e trocas de todas as cores

seria assim tua felicidade
esta coisa imaginada?

a rua é larga
o caminho continua estreito
no peito só cabem uns poucos amigos
e aquelas fotografias de parentes desconhecidos
aceita
:
há dedos em tua mão
que não se movem sozinhos

cultivas um jardim de elefantes
nessa estante de muitas memórias
(para que tantos livros   tantas infâncias estrangeiras?)
o outono   quando vier   trará pneumonia
e as frutas que mais adora
a menina não olhará ainda fundo em seus olhos
Nova Iorque permanecerá
e os refrigerantes e batatas   os casais que choram em público
e alguém sempre derrubará acidentalmente um café em sua
[blusa

aceita
que o cotidiano impera
como uma marcha desacelerada

latitude de Marte deitado de bruços

e além   entre
a janela de papel
e o sonho do lado de fora
você   espero que seja interminável
tão longo quanto o curso
do desaparecimento de um osso
de bruços como a via láctea
o mapa de um hemisfério para repousar os braços
sorrir
ser encantado por
um hálito de absinto
pegar o trem errado e
achá-lo mesmo assim
caído
sustenido
dizendo uma frase enquanto
dorme durante um ano
suspenso entre os vãos de um piano
achatado de saudade
vazio de tudo o que já foi experimentado
procurando uma boca de transes ininterruptos
de explosões solares   vestidos incendiados
que conheça o branco e preto das

mãos quando elas tremerem na velhice
que chore pela margarida seca
e pelo sorriso estúpido
que dão as galinhas   você
deveria estar aqui deitado de bruços
na passagem estreita de vênus
quando os poetas ainda eram possuídos
e bebiam o vinho
da boca de semelhantes   de estrangeiros
a língua   deveria toda provocar
uma trajetória pelas costas
pelo sonho   pelo dedo mínimo dos pés e mãos
o que está suturado
o que corre risco de incêndio
verter as papilas gustativas em puro desejo
abaixo dos abismos
solitário sob uma tempestade elétrica
sob um equinócio egípcio
trocando lâmpadas de uma casa
dando banhos milenares em nós mesmos
até a água se esgotar
e subirmos aquela escada
tão invisível
tão pura

de tempos em tempos

entre outras coisas
é preciso retificar os lábios
azedar o amor com alguma metáfora errada
uma palavra que escorrega e nunca volta
uma fantasia de tiro na nuca

não vale subir sozinho
em uma árvore secreta
picotar as cartas
vindas de navio

tolice

o que há entre dois corpos
é segredo até para anjos

te lembras de tudo
:
a maciez   a pele   o gozo
cada nervura do amor é um espanto
e toda cicatriz culto e beleza

podes fugir pulando
a cerca verde do quintal
mas não podes pular
aquilo que começou
o que habitou teu primeiro fascínio
e o quanto o mundo
tornou-se desinteressante

podes ler Rimbaud   Baudelaire
ou qualquer francês que o valha
para anestesiar teu encanto
e justificar o quanto bebes
mas o amor está lá
entre uma ilha e outra
entre um diálogo na cama
e a vontade de nunca mais retornar

de tempos em tempos
é preciso dizer
uns não se suportam
e outros fingem se suportar
  uns chegam a atestar
    separação em cartório
dividir bens
quem ficará com o cachorro?
quem falará com mamãe?
e essas coisas todas
que cabem no espaço tenebroso
de uma caixa de fósforos

por isso
mudei minha opinião sobre a poesia
e a vestimenta das cortesãs
:
é difícil mudar-se de um enigma tão grande
ter de nunca mais
olhar aquela cerejeira que plantamos
dizer que temos medo
que o difícil amor terreno envelhece
e não há cura para uma pétala seca

visão através de seu corpo repousado

no sangue
  revelado meu corpo
como fotograma
continuação
de seus dedos
através da pele
repousada
nesta cama

notícias da caixa elétrica
sobre o mundo
  e suas inundações

você espera
que amanhã eu
esteja na participação
de seu odor
mas estarei à janela
pensando
  que estamos
trancados nesta condição

estátuas de 1600
passeiam através
da folhagem
deste livro impresso
(você vira o corpo
   e expõe suas nádegas)

um livro de psicologia
revela
   mistérios
sobre o casamento al-
químico
de Christian Rosenkreuz
enquanto o orvalho
se dissolve nas dobras
do lençol

neste quarto penso tudo está
convivendo numa comunhão mis-
teriosa entre
  os objetos
e seu corpo repousado
na qual vejo símbolos
se escondendo
e aparecendo
na velocidade tão
misteriosa
de nossa repulsão
inevitável

boletim meteorológico do amor

nada de ser perfeito
medir as coisas pela fita métrica
dizer te amo demais   a maresia
o ritmo bastam para solucionar
estes desencontros habituais dos lábios
ninguém precisa amar um estofado
cuja cor nos obriga a alegria
é insuportável que a louça esteja
sempre limpa e guardada no armário
pela manhã é bom que a xícara
tenha um café seco em seu fundo
onde se enxerga um mapa-múndi das
brigas desde o início de nossa relação
sim   viver é insuportável se não houver
ao menos uma chuva que destrua parte
da casa ou deixe uma estrada de barro
pela sala de estar   outra coisa misteriosa
é como gritar sem que ninguém perceba
sofrer por alguma desconfiança tola
e sorrir escondido quando o destino
nos mostra que a imaginação humana
não passa de um alçapão bem elaborado
como investigar uma beleza de bruços?

seduzir com algum filtro secreto
estando com um pijama rasgado?
conciliar a aliança com essa vontade
insaciável de despir outras pessoas?
em algum momento avançado da velhice
talvez os órgãos parem de funcionar
e uma ereção torne-se um evento glorioso
quem sabe?   morrer antes não é má ideia
se colocarmos o abandono como única possibilidade
nenhum asilo com cerca cor de rosa
conseguiu me convencer que o corpo pode
esperar o fim depois da poesia
mas não é curioso como o amor
nos conduz envolventemente
por uma linha temporal inventando
imagens de morte
esquecimento e abandono?
a cor   neste caso   é velocidade
o botão da camisa   um pretexto
a gema mole   um desgosto
o cachorro   um dilema
o sexo   um hábito
por que este capítulo de ventos
ainda é surpreendente?
já não basta de poemas   literatura
psicologia e traição?
por que os olhos ainda brilham depois
de tantos anos secando lentamente
e as roupas no varal sendo molhadas

por deus quem as esqueceu novamente?
vai longe o balão
tocar o teto de uma nuvem
é sempre assim

a travessia

verei rolar o satélite pelo vão de um horizonte
o pêssego amassado de todos os dias   a maçã esponjosa
a uva que fechou-se até murchar
devem-me o sentido de desaparecimento
palmeiras vão lentamente sendo retiradas
e tudo que nos resta são fotografias de cantos esfumaçados

viagens   mulheres   custo de produção
:
nada disso anestesia a impotência dos dedos retirados
cortar lenha   é isto que faz uma casa se erguer
e os cupins   quando vierem   ensinarão aos olhos
o mesmo que ensinam as frutas

por que sobre a estante pediu que
retirassem a fotografia de seu rosto infantil?
retorcer-se na multidão   escancarar seus medos
pedir a alguém que lhe telefone nos domingos à noite
:
nada disso salvará sua cabeça da memória

o tempo rugoso   como barco feito de água
melindrosamente camuflado no pacífico
retornará em alguma criança
quando passear diante dos escombros
do que um dia foi sua morada

eu volto   tu voltas   eles voltarão
para vender melancias no porto
ou peixes em cima de uma bancada
logo ali   onde atravessa a rua todos os dias
e um pássaro lhe acena em vão

não servirá um pergaminho com pontos cardeais
e o guia há muito o abandonou
crescer é isto   muito mais difícil que as árvores
e a resistência de uma cabana na avalanche
mas temos fé   não temos?

poema sobre o corpo de uma mulher

seu corpo
é um labirinto de águas
ferido pelo excesso de sonho

como estrangeiro
subscreve um nome que não é meu
uma face que não me oculta
e com isto o país sangra

(um marulho de suas costas distantes
ainda que na mesma cama
o fragmento de um busto em papel da china)

como um teatro que desabou na eternidade
não há como conter seu espaço em meus olhos
:
uma enchente toma a proporção das pupilas
e apenas um móvel flutua na inundação

essas pernas mudam-se como sonhos
e são agora uma catedral do tempo

a radiação das cores
o murmúrio das sentinelas que desabrocham
compõem a flora de seu arquipélago
e disso nascem peixes
tão etéreos quanto inumeráveis

sobre a curva
em que se assentam as melancolias
há também asas para os escolhidos
jardins de romãs silenciosas
onde se subtraem as sombras

por trás de álamos cinzentos
diz
:
devo invocar a noite
para soletrar o insondável
e seguir adiante
quando interditarem as trevas

desfaz oceanos com os lábios
e parte as cercas com uma sílaba de amora

■ segunda edição
■ maio de 2019